衛斯理系列 少年版 35

筆友

作者：衛斯理

文字整理：耿啟文

繪畫：鄺志德

U0122635

老少咸宜的新作

　　寫了幾十年的小說，從來沒想過讀者的年齡層，直到出版社提出可以有少年版，才猛然省起，讀者年齡不同，對文字的理解和接受能力，也有所不同，確然可以將少年作特定對象而寫作。然本人年邁力衰，且不是所長，就由出版社籌劃。經蘇惠良老總精心處理，少年版面世。讀畢，大是嘆服，豈止少年，直頭老少咸宜，舊文新生，妙不可言，樂為之序。

倪匡　2018.10.11　香港

主要登場角色

白素

譚中校

衛斯理

伊樂

曼中尉

第十一章

冒險入基地

我決定潛入軍事基地，這個計劃可謂非常大膽。雖然我有國際警方發出的特殊身分證明，但那個軍事基地是絕對不許別人進去的，我若是被發現，後果不堪設想！

不過，我想來想去，也只有這個辦法，可以和伊樂見面。我非但要潛入基地去，還要找到第七科的辦公室！

這想想容易，要實行起來，十分**困難**，但我還是決定那樣做。

我離開酒店，買了一些應用的東西，並租了一輛車，等到**天黑**才出發。

晚上，我駕着車，離開了市區後，將車子駛得特別小心，盡量發出最小的聲響，幾乎無聲無息地駛到基地附近的林子中，將車子停在隱蔽處。

我提着那袋用具下車，翻過一片小山坡，已經可以看到圍在軍事基地外的**鐵絲網**了。

那種有着銳利尖刺的鐵絲網，足有三米多高，而且每隔六十米，就有一個相當高的崗樓，崗樓上的探照燈在緩緩地轉動着。

我伏在地上，打量着眼前的情形。

要潛入軍營去，第一，絕不能被**探照燈**的光芒照

到。第二，我必須找到隱蔽的據點以展開活動。

在打量了片刻之後，發現那都不是難事，因為探照燈**轉動**的速度並不快，每一轉至少有十二秒是照射不到的。我可以把握那十二秒的時間衝過去，在崗樓之下暫時歇足，只有那裏，才是探照燈光芒照不到的死角。

我看準探照燈緩緩地轉過去之際，馬上**發力**奔向前，到達崗樓下，喘了一口氣，再等上兩秒鐘，探照燈才照回我剛才奔過來的地方。

接着我從工具箱取出一支電工用的電筆，用那支電筆，輕輕碰上鐵絲網，電筆的一端迅即亮了起來。

不出我所料，那是**電網**！

我匆匆戴上一副絕緣的橡皮手套，然後取出一把十分鋒利的大鉗子，去將鐵絲網弄開。我十分小心，因為我知道，鉗子剪斷鐵絲網時，必定會發出一下聲響，我的動作

必須很快速而果斷，令聲響盡量短促而細小。

我感覺自己像個 拆彈專家 一樣，非常專注地操作，直到剪斷了約十根鐵絲之後，我已經在鐵絲網上，弄開了一個可以供我鑽進去的大洞。

我 小心翼翼 地從那洞中鑽進去，鐵絲網上的每一根鐵絲全帶電，如果我被其中一根尖刺刺破了衣服，碰到

皮膚的話，後果實在不堪設想。

所以我不能操之過急，必須慢慢地穿過那破網，最後終於成功鑽了進去！

可是，我立即感覺到地面出奇地**軟**，軟得好像不存在一樣。而我一有了這個感覺，身體就已經不由自主地向下沉去！

那竟然是一個**陷阱**！

幸而我手上還握着那柄鉗子，就在我身子將要跌下去之際，我用鉗子的柄勾住了一株小樹。

那株**小樹**顯然也承受不了我的體重，我的另一隻手馬上抓住了地邊，然後勉力地將我的身子拖上了地面。

回到了結實的地面後，我藉着黯淡的**星月微光**🌙向下看去，那是一道足有三米深的溝，寬約兩米，緊緊挨着鐵絲網，在黑漆漆的溝底上，插着很多**削尖**了的竹片。如果我剛才真的跌了下去，這時我一定已經血肉模糊地躺在溝底了。

我 **驚魂甫定**，才慢慢地站起身來，用力跳過了那道溝，快速向前奔去，約五分鐘之後，已經奔到了一座非常大的庫房門前，停了下來。

第一步成功了，我已經順利 **潛入軍營**；下一個步驟，就是要弄清楚那個「第七科」到底在什麼地方，再想辦法和伊樂見面。

而我也早已安排好了計劃，預先準備了一份假文件，封面 **模仿** 那廣告稿上的「第七科發」字樣，印了「第七科機密文件」這幾個字。

我再次看準了探照燈轉動的時機，將這份假文件扔了出去，掉在地上，位置是探照燈剛照射過的。所以，當探照燈 **轉了一圈** 之後，恰好又回到原處，照到了這份文件。

只要崗樓裏的衛兵沒有打瞌睡或者偷懶，他一定會察覺

到地上有**可疑物體**，並立即前來查看。當看到那是

一份文件，上面還寫着「第七科機密文件」時，他自然不敢

隨便翻閱文件的內容，而是盡快將文件交回到第七科去。

　　那麼，我就可以尾隨**跟蹤**着他，找到第七科的

所在了。

計劃看來**無懈可擊**，而事情亦果然如我所願那樣發展。一名衛兵從崗樓裏匆匆跑過來，撿起文件，望着封面疑惑了一會，然後便拿着文件匆匆往一個方向走去了。

我知道他一定是將文件交回第七科去，就算不是直接送交，而是先向上司 報告 ，或者交由特別部門處理，文件最終還是會歸還第七科的，要麼派人送去，要麼讓第七科的人來取回。所以無論如何，我只要緊盯着那份文件的去向，就能找出第七科的所在。

第十二章

計劃觸礁

那衛兵走開了十來步左右，我便開始跟蹤着他，過程非常小心謹慎，既不能被探照燈照到，同時又要提防周圍有沒有人發現我的**身影**。

計劃進展得十分順利，那名衛兵拿着文件，急步向前走，而我亦跟蹤得很有技巧，完全沒有被人發現。

可是就在我**沾沾自喜**，以為很快就可以找到第七

科所在之際，突然有一下刺耳的車子響號聲劃破長空，嚇了我一大跳。

我慌忙在一個營房轉角處躲藏起來，但不忘探出了半個頭，繼續**窺視**👁着那名衛兵的動向。

不只我被嚇了一跳，那名衛兵也給響號聲嚇得僵立住不敢動。接着，我看到一輛**軍車**🚙從旁駛了過去，在那衛兵身邊停下。一名將軍很快下了車，大聲喝問：「剛才慌慌張張、行色匆匆的樣子，趕着做什麼？」

由於我離他們並不是很遠，恰好能聽到他們的對話。

衛兵不敢**怠慢**，立即如實報告：「報告司令，我剛才在那邊撿到了這份文件！」他說着指了指剛才撿到文件的方向，然後畢恭畢敬地雙手奉上那份文件。

這位司令的性格看來比較**剛烈**，一接過文件來，看到封面上「第七科機密文件」的字樣，立時就破口大罵：

「那個第七科怎麼搞的！居然讓**機密文件**丟在地上也不知道！」

此時軍車上的司機亦匆匆下了車，站在司令身邊，看來是司令的副官，他替司令分析道：「司令，我認為，就算這份真的是第七科的機密文件，也不會是第七科的人**丟失**的。」

聽了副官的話，司令也冷靜了不少，皺着眉想了一想，點頭道：「你説得對，在第七科值班的六個人，絕對**不能離開工作崗位**，又怎麼可能把機密文件丟在外面呢？」

我聽到司令説第七科裏值班的人有六個，立時想起伊樂在信中曾提到自己和**六個人**在一起，那麼，司令口中的六個人，會不會就是伊樂信中所講的那六個？

但我馬上察覺到不對頭的地方，因為六個人再加上伊樂，不是應該有七個人才對嗎？

我一時間也想不明白，只好繼續**偷聽**下去。

那副官推測説：「所以，這份機密文件，應該是其他人丟失的，不會是第七科的人。」

只見司令**皺眉沉思**，緩緩地搖着頭否定：「也不可能。因為第七科根本沒有機密文件！」

　　副官和那名衛兵聞言都**驚呆**了一下，司令補充道：「第七科當然有很多機密文件。但我的意思是：所有機密文件，都不會這樣寫的。它們可以是其他任何部門的機密文件，就是不可能標明『**第七科**』！」

　　「對啊！」副官和衛兵聽了司令的話，都如夢初醒一樣，異口同聲説：「差點忘記了第七科是做什麼的！」

　　但我卻愈聽愈**糊塗**，第七科到底是一個怎麼樣的部門？為什麼它有很多機密文件，卻又不會標明是第七科？此外，第七科當值的人怎麼只有六個，而不是七個？伊樂也在其中嗎？

　　就在我思緒深陷於迷霧中的時候，我察覺到自己的身體忽然變得**光亮無比**，心中不禁暗呼了一句「糟糕」，然後拔足逃跑。

　　因為我知道，我被探照燈照到了！

緊接着是警號聲「嗚嗚」地響了起來！

除了警號聲，車子的引擎聲也驟然而起，而且愈來愈多，不斷逼近，顯然已經有不少車子正迅速駛過來，目的自然是要逮住我。

我的計劃觸礁了，只能拚命地逃跑，可是在不到兩分鐘之內，至少有二十多輛汽車，開大了燈，從四面八方駛至！

我已無路可走，唯一能做的就是立時躲起來！

我快速地留意四周，奔到了一扇門前，掏出百合匙，打算開門躲進去。

我自問是一名開鎖專家，不論任何門鎖，十秒之內必定能打開。

可是這庫房的門鎖卻大大出乎我的意料，我將百合匙插進去後，操作了兩三下便知道不合適，連忙又換另一把

百合匙試試，如是者換了三四款不同的百合匙，花了超過

十秒 🕐 以上的時間，我依然未能將鎖打開。

從周圍雜亂的聲音和燈光可以知道，四方八面的追兵

已經愈逼愈近，很快就會搜到這裏來，若不盡快打開這門

鎖，我就得 **束手** 就擒 了。

就在腳步聲愈來愈近，眼看我快要被逮到之際，整套

開鎖工具都已經給我試過一遍了，依然束手無策。

在徹底投降之前，我

還是盡了最後努力，強迫自

己 **冷靜** 下來，花了幾

秒鐘時間去判斷，抽出其中

兩把百合匙，結合一起操

作，終於「咔」的一聲，成

功 🔓 **開了鎖**！

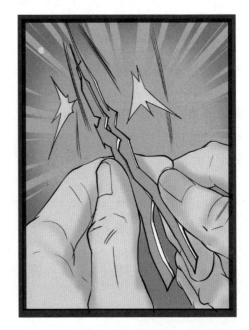

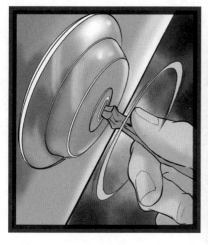

我迅速推門而入，立時又把門關上，頓覺眼前一片

漆黑，但也稍為鬆了一口氣。

此時我只知道自己進入了一所庫房內，至於是什麼庫

房，躲在這裏是否可行、安不安全等等，我一概不知，反

正也沒有別的地方可以躲了。

我背靠着門站着，連氣也不敢喘，外面是來回飛馳的

車聲、奔跑而過的腳步聲和雜亂的呼喝聲，看來我已經引

起了很大的 **轟動**，不知有多少人正在追捕我！

幾分鐘後，我聽到有人叫道：「他是剪開鐵絲網潛入基地的！目的未明，可能是 軍事間諜，請盡快通知各部門注意，加緊搜索，不能讓他溜走！」

庫房外的腳步聲變得更緊密了，我相信外面每一寸地面，他們都已經 搜查 過，幸而他們還未曾想到搜查庫房裏面。

我猜想他們沒搜查庫房的原因，是以為庫房的鎖十分好，不是隨便就能弄得開的。

說實話，那個鎖的確相當好，因為像我這樣的開鎖專家，也弄了近半分鐘，才非常 狠狠 地將它弄開來。但願他們不搜尋庫房便收隊，那我就可以逃過去了。

可是，過了二十分鐘左右，我又聽到一把聲音叫道：

「**打開所有的**庫房，用強力探照燈照射庫房內部，他很可能躲進庫房去了。」

另一把聲音說：「上校，打開庫房是要基地司令批准的。」

那聲音隨即 *怒吼*：「那就趕快去請示基地司令！」

「知道！」有人應道。

聽到這裏，我不禁倒抽了一口涼氣，他們終於想到要打開庫房了。我在想，去請示 **基地司令**，再等基地司令批准將庫房的門打開，那需要多久的時間呢？

算它二十分鐘吧，那麼，我就必須在這二十分鐘內，找到妥善的地方 **躲起來**，好使他們發現不了我！

我連忙按亮了電筒，想看看倉庫中的情形，尋找可躲藏的地方，當然，若找到逃生的出口就更好。

當我一按亮 **電筒** 之際，我不禁驚呆住了，因為呈現在我眼前的，是兩副巨大的支架，而斜放在那兩副支架上的，是兩枚將近三十米長的飛彈！

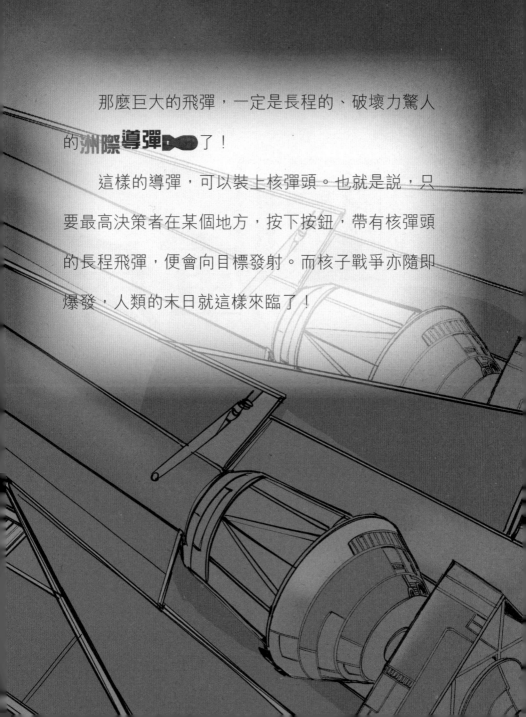

那麼巨大的飛彈，一定是長程的、破壞力驚人的**洲際導彈**了！

這樣的導彈，可以裝上核彈頭。也就是説，只要最高決策者在某個地方，按下按鈕，帶有核彈頭的長程飛彈，便會向目標發射。而核子戰爭亦隨即爆發，人類的末日就這樣來臨了！

第十三章

被困庫房

我現在才知道,這裏原來是一個洲際導彈發射基地!

我移動着電筒,四處照照看,發現整座庫房之中,除了那兩枚大飛彈之外,幾乎沒有別的東西,更沒有其他的出口。

也就是説,我沒有藏身之所!

時間迅速過去,我聽到大聲呼喝「立正」的口號,那表示有高級軍官到場,來的自然是基地司令了。

　　我已經沒有選擇的餘地，連忙奔向前去，爬上了支架，順着斜放的飛彈，在**冰涼**的金屬體表面往上爬。

　　一直爬到了飛彈的頂端，我發現那裏有一個帆布套子，把飛彈頂端套着。我於是用一柄小刀割斷了綁緊那**帆布套**的繩子，然後整個人鑽進那套子之中。

　　我總算找到了一個可以躲藏起來的地方，在帆布罩之

下，為了使我的身子不滑下去，我必須緊緊地抱住飛彈尖端的凸出物。

我在想，我所抱的，可能就是一枚**核彈頭** ！這實在是匪夷所思，但我沒有別的辦法，這是我唯一能找到，可供躲藏的地方。

等了不到五分鐘，我便聽到鐵門被推開來的聲音。我低頭看去，隔着帆布罩看到了**燈光**，也聽到不少人一齊

走了進來的 **聲音**。

　　那時我離地大約有十五米高，而且又有帆布罩蓋着，只要不是蠢到大聲叫嚷的話，一定可以躲得過去的。

　　由於庫房之中，根本沒有多少地方可供搜索，所以不到五分鐘，他們便退了出去，門再度關上，眼前又回復一片 **漆黑**。

抱住核彈頭的滋味始終不好受，所以我只等了片刻，沒察覺任何動靜，便立即順着飛彈表面慢慢地滑了下來。

雖然看似避過了一劫，但其實 **麻煩** 才剛剛開始。現在我要盤算着，在什麼時候走出去？如何走出去？而走出庫房之後，又該怎樣做？

眼前的情形完全在我估計之外，如果我早有準備，至少會帶上一點 **乾糧** 和食水，大可以在庫房中住上三幾天，慢慢想出周全的辦法。

但現在我不能這樣，我必須盡快想出辦法，盡早離開這個庫房，然後再去尋找伊樂。

我 **躡手躡腳** 地來到門口，將耳朵貼在門上，偷聽外面的情況，聽到各種各樣的聲響漸漸地靜下來，他們可能已經收隊了。

但是我也知道，即使收了隊，整座基地每個角落的防

備，必然已加強了許多倍。

我等了一會，確定外面真的完全靜了下來後，掏出 百合匙，準備故技重施，將門鎖打開來，偷走出去。

雖然我開鎖進來的時候頗為狼狽，花了足足半分鐘才**成功**，但現在出去卻大大不同，因為我已經知道開這個門鎖的方法，相信不用十秒就能搞定。

可是當我正要開鎖之際，外面突然又傳來了腳步聲。

我連忙停止了所有動作，又將耳朵貼在門上，細心傾聽外面那些 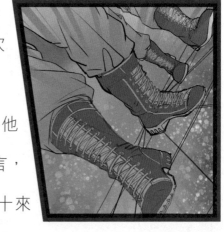 腳步聲。

依我估計，腳步聲出自兩三個人，由遠而近，然後又漸漸遠去，顯然是巡邏經過。

為了安全起見，我先坐在門邊，細心傾聽外面的動靜，計算一下那些腳步聲巡邏的規律，看看他們每隔多久才回來 **巡邏** 一次，那就是下次可供我逃走的時間了。

但結果令我非常失望，他們的巡邏根本毫無 **規律** 可言，有時相隔幾分鐘，有時只有十來

秒，而且巡邏的方向也很隨意，腳步聲有時連續幾次從左

邊走來，有時卻又從右邊踱至。

　　我無法掌握他們巡邏的規律，不想盲目冒險，所以暫

時放棄開鎖，嘗試先尋找其他逃離的方法。

　　在接下來的幾小時，我**胡思亂想** 了幾十個離開

這庫房的方法，但我知道沒有一個是行得通的。我用電筒照

射着庫房的每一個角落，希望能找到其他的出入口、暗道、

機關，或者巨型排氣道等等，但直到電筒的電池耗盡了，還

是找不到任何出口。

　　被困在庫房裏八

小時後，我已經筋疲

力盡、心力交瘁，又

渴又餓，再也沒法支

持下去了。

我決定**放手一搏**，又回到了鐵門前，耳朵貼在門上，聽聽外面的情況。

當聽到腳步聲剛剛走遠了，我就決定用百合匙開門出去，我自信只用十秒就能開鎖，估計不會這麼快又有人來巡邏的。

然而，我的運氣**倒霉**透了。當我把兩根百合匙插進了門鎖，操作了幾下之際，外面就有人大喝道：「什麼聲音？裏面是不是有人？」

我實在沒想到外面還有人在**站崗**，而且站得如此不動聲色。

本來我再操作一下就能開鎖的，但聽到外面的人語氣相當緊張和激動，我便連忙停止操作，不敢貿然開門，以防惹來**殺身之禍**。

既然已被人發現，此刻我也決定徹底投降了，我索性

大力拍了幾下鐵門，喊道：「**我投降了！**」

外面的人顯然被拍門聲嚇了一跳，大聲驚問：「什麼人？」

我應道：「我，就是你們要找卻找不到的人。」

外面的人緊張地命令：「將手放在頭上！別亂動！」

我連忙説：「**冷靜一點**，別緊張，我現在是主動投降。」

外面的人依然很激動：「你雙手放在頭上了沒有？別動！等基地司令來開門，門打開時，如果你雙手不放在頭上，我們就立即**開槍掃射**！」

我想告訴他們，不必叫基地司令前來，我只差一個步驟，就可以將門打開，而我就是那樣開鎖走進庫房來的。不過，我當然沒有説出來，也沒有這麼做，因為投降的人不宜做太多無謂的動作，以避免任何誤會。

所以我説：「好的，但是請你們也通知 **譚中校**，告訴他，和國際警方有關的衛斯理在這裏，請他一同前來。」

外面的人自然對我的身分感到奇怪，為什麼潛入軍事基地的人，竟然會和 **國際警方** 有關？不過他們還是答應了我的要求。對他們來説，通知愈多人前來，事情也愈穩妥。

我後退了幾步，等了超過十分鐘，才聽到汽車疾馳而來的聲音，接着，鐵門上發出了聲響，我連忙將雙手放在頭頂上，比任何時候都更服從命令，不敢做出絲毫刺激他們的舉動。

鐵門一打開，好幾支探照燈向我身上照射過來，同時，我估計至少有十柄以上的 **衝鋒槍** 對準了我！

第十四章

基地的靈魂

在強烈的光芒照射下，我幾乎什麼都看不到，我想向前走去，可是才跨出了一步，便至少有十個人同時把我喝住：「**別動！**」

我只好又站住了不動。接着，我聽到了譚中校的聲音：「衛先生，我是譚中校！」

然後有另一把聽來十分 **莊嚴** 的聲音問：「中校，這是什麼人？」

譚中校説：「我很難解釋，但是司令，他是國際警方所信任的人，他有一張特殊的證件，有我國警務總監的簽名，國防部也曾特別通知，要我們**幫助他**。」

基地司令非常惱怒，「包括讓他偷偷進入基地來？哼，**太荒唐了！**」

譚中校倒十分賣力替我辯護：「我想他一定有特別原因。司令，請交給我來處理好了。」

我雖然聽到他們的 **交談聲** ，但完全沒辦法睜開眼看他們。

基地司令似乎在考慮譚中校的提議，過了幾分鐘才再聽到他的聲音，他答應道：「好吧。但是譚中校，你必須明白，本基地有太多**機密**，而這個外來的人，可能已經知道了不少，你必須好好處理。」

譚中校連忙說：「我知道，司令，請相信我。」

「好。」基地司令回答道：「那就交給你了！」

接着是一陣腳步聲和車聲，然後，譚中校的聲音又響起：「將燈熄了。」

隨着他這句話，我眼前突然一黑，**眼睛** 終於可以放心睜大，等到視力漸漸恢復之際，發現面前仍然有十幾柄槍對着我，而唯一一個沒有持槍指住我的人，就站在我面前不遠處，正 *凝視* 着我。

　　我知道他就是譚中校，苦笑了一下，「中校，我們終於見面了！」

　　譚中校點頭道：「是的，只是想不到會在這樣的情形下！你為什麼要潛入基地來？你可知道，即使你有那樣特殊的身分，也很難為你**開脫**！」

　　我嘆了一聲，近乎哀求道：「我可以喝點水，坐下來

再慢慢説嗎？我給你看一樣東西，到時你就明白我為什麼要進來基地了。」

譚中校帶點**無可奈何**的神色説：「可以，上我的車。」

我和他一同上了一輛吉普車，五分鐘後，已到了他的辦公室。我坐在沙發上，喝了一杯牛奶，然後才將那**廣告稿**取了出來，交給他看。

譚中校用了不到幾秒鐘的時間，就看完那段稿子，他臉上出現極度 **疑惑** 的神色，抬起頭來望着我，卻一句話也不説。

我直接道：「中校，現在你知道我為什麼要來了。很明顯，伊樂隸屬於你們軍事基地裏

的第七科，然而，當中還有很多**謎團**，例如他為什麼説自己行動不自由？他用什麼辦法送出這份廣告稿，卻竟然沒有讓基地的人發現？」

只見譚中校臉上的神色十分怪異，聽了我的話之後，連連搖頭道：「**不可能**，衛先生，那不可能。」

「不可能？那是什麼意思？」

他解釋：「第七科一共有二十四名軍官，分成四班，日夜不停地**輪流當值**——」

我立即順理成章道：「伊樂一定就是那二十四名軍官之一！」

譚中校卻苦笑着，「那正是我說不可能的原因，因為第七科的二十四名軍官，**全是女的**。」

我從沙發上直跳了起來，然後又坐下，同樣苦笑着，實在不知道該說什麼才好。

我對伊樂這個人，曾作了許多估計，估計他是一個有殘疾的人，估計他是騙子，但隨着**抽絲剝繭**的調查，

一次又一次證明我的估計錯誤。如今伊樂很可能是一名女性，假扮男人來作弄彩虹，在煩悶的基地工作中尋找樂趣，是個**惡作劇**😈分子！

我實在感到啼笑皆非，望着譚中校，一句話都不想講。

譚中校皺起了雙眉，揚了揚手中的廣告稿，「從廣告稿看來，似乎事情沒有那麼*簡單*。通常，基地如果要刊登廣告，由各科交來，秘書處統一轉發給第七科，第七科作最終審核後，交回秘書處，然後秘書處才統一發出去。」

我愈聽愈感到**好奇**，「第七科到底負責什麼？居然有這麼大的權力，所有廣告稿都要經它審核？」

譚中校笑了笑，「不只廣告稿，幾乎所有的進出資訊，都必須經過它，因為——」

這時我雙眼已經瞪得不能再大，譚中校繼續説下去：「第七科就是 電腦計算科，主理着一副計算力極強的超級電腦。」

我呆住了，一時講不出話來。譚中校又説：「這副電腦是 基地的靈魂，我們的一切事務和決策，都十分依賴它。但出於安全的理由，這副電腦不能隨便對外連接，以防駭客入侵。所以，每次用到它，都要靠第七科的工作人員作為橋樑，將資料接入系統；經電腦運算過後得出的結果，亦是由第七科的人員從 電腦 擷取下來，交回給相關部門。」

他頓了一頓，然後再説：「由於這種工作需要極度 細心 才能勝任，所以，我們在第七科的工作人員，全是女性。」

我深深地吸了一口氣，「中校，依你所講，這事情看

來比想像中**複雜**得多。那廣告的原稿，你也看到了，它是從何而來的，希望你能調查。」

譚中校說：「好的，明天一早就展開**調查**，但有一件事，十分抱歉，你今晚必須暫留在基地之中，並且有人會看守着你。」

我在沙發上躺了下來，十分**疲倦**，「不成問題，請便。」

譚中校走了出去，我雖然心事重重，但是終究敵不過睡魔，不知道什麼時候睡着了。

一夜間，我做了許多稀奇古怪的**夢**。

我先夢見伊樂是一個坐在輪椅上的殘疾人士，接着又夢見他是一個油頭粉臉的愛情騙子，然後又夢到伊樂其實是一個**女人**，甚至不止一個，而是兩個、三個、四個⋯⋯

當我夢見伊樂是二十四個女人的*化身*，在四處弄惡作劇的時候，我終於醒了。

這時陽光已射進窗子，我坐起身，沒多久，就聽到腳步聲和行敬禮的聲音，譚中校推門走了進來。

譚中校的面色十分**凝重**，他望了我一眼，在我的對面坐下。

我連忙問他：「調查好了？」

譚中校嘆了一口氣，「已經調查過了。」

「那廣告是由誰發出去的？」我着急地問。

「**沒有人**。」譚中校搖頭道：「所有廣告稿，都必須先送到第七科，讓超級電腦去分析，除了查核有沒有錯漏之外，更重要的工作，是分析廣告中有沒有暗藏什麼**密碼**，以防基地中有內奸，借廣告向敵軍透露機密訊息。而你給我看的那份廣告稿，我查過了，根本從來沒

有 **輸入** 過電腦中。」

聽了譚中校的調查結果，我不禁呆了一呆，然後問：「那麼，電腦審核過的廣告稿，是怎麼發出去的？」

「會用打印機打印出來，然後交回給秘書處，由秘書處統一發送出去。」

我一邊點着頭，一邊推論：「如果在輸入的 **稿件** 中，根本不存在這一則內容，但報社又的確從軍方收到這份廣告稿，那麼，這稿件一定是有人在後來加進去的。而這個人要麼來自第七科，要麼隸屬秘書處。」

但譚中校說：「不會是秘書處。」

「為什麼？你已經查出了什麼 **線索**？」我連忙追問。

他凝重地說：「你從報社得來的那份廣告稿，我也拿去檢驗了，確實來自我們基地，經第七科的超級電腦所附

帶的 **特殊打印機** 打印出來的。那表示⋯⋯事情
比想像中嚴重得多。」

　　對他們來說，事情的確相當嚴重，因為如果那份廣
告稿真的是經超級電腦打印出來的，那表示，有人在私自
操控那副超級電腦，暗中做各種事，而這個人一定就是
伊樂！

第十五章

誰是伊樂

為了揪出伊樂,譚中校立即去調查那份廣告稿的打印時間,希望根據紀錄,找出當時 **值班** 的人員名單。

他匆匆推開門,走了出去。

我在他的辦公室裏等了大約三十分鐘,一名軍官突然推門走進來,通知我:「衛先生,譚中校請你移步。」

「他在什麼地方?」我問。

「他在 **第七科**。」那軍官回答。

譚中校在第七科，而且又請我過去，那一定是他的調查已經有了結果。

我十分焦急，連忙請那軍官 **帶路** ，他帶我上了一輛吉普車，開到一幢十分宏偉的建築物前面，停了下來。

接着，通過了三道檢查，又經過了一扇厚達三十厘米的鋼門，我看到了一排排像櫃子那樣整齊的機器，相信就是那副 **超級電腦** 了！

那軍官帶我一直向前走，在一個房間外面經過時，我透過玻璃窗看到內裏有着許多大大小小的顯示屏，六位女軍官正 **全神貫注** 地工作：有人在敲鍵盤；有人在掃描文件；有人掃描立體實物；有人不斷將資料儲存硬碟連接到讀取器；有人的嘴巴在開開合合，似乎在用語音操作電腦；也有人戴上了 **VR眼鏡** ，雙手像調動着什麼似的，忙得不可開交。

　　這個房間顯然是超級電腦的 **控制室**，我知道第七科共有二十四名女軍官，分成四班，每班六個人，而我現在眼前所見的這 **六個人**，自然就是目前正在值班的人員。

　　但那軍官並非帶我進去這個控制室，而是繼續往前走，一直走到盡頭處，那裏有一扇門，軍官敲了一下門，朗聲喊：「中校，我帶衛先生來了。」

　　裏面立時傳出譚中校的聲音：**「快進來！」**

　　軍官於是開門讓我進去，然後就向譚中校告退了。

　　我一進去，譚中校便說：「請坐！請坐！」

　　這是個會議室，除了譚中校，還有六位 **女軍官**，她們看上去都很年輕，大約二十到三十歲，比剛才正在控制室裏值班的六人年輕。

不過，眼前這六個人的面色卻蒼白得多，臉上浮現着驚惶之色，好像都犯了罪，而又被逮到了一樣。

譚中校的面色也十分難看，我坐了下來之後，他搓着手，**愧疚**地說：「衛先生，我代表我們國家的軍隊，向你道歉，因為在我們的軍隊之中，竟發生了那樣荒唐絕倫的事情！」

我心想，他所謂「**荒唐絕倫**」的事情，自然是

指女軍官化名和彩虹通信一事了。我也有同樣的感覺，若是普通人做這樣的惡作劇，尚可以理解，但身為軍官，還在軍營裏做這樣的事，實在**極不恰當**。

　　眼前這六名女軍官，自然有一個就是伊樂的「真身」，但我不知道是哪一個，所以我向她們六人瞪了一眼，附和着譚中校的話：「對，那的確荒唐了些。」

　　譚中校又說：「衛先生，恐怕你**不會相信**——」

他的話還未講完，我已經打斷道：「中校，請你先告訴我，哪一位小姐是伊樂。我想告訴她，她的無聊之舉，已令到一個女孩子多麼 **傷心** 。」

譚中校苦笑了一下，「可是……衛先生……沒有伊樂。」

我登時呆住，剎那之間覺得自己也被愚弄了，他們一定是想把事情隱瞞，當作沒發生過。我不禁怒問：「**沒有伊樂？** 什麼意思？」

「沒有伊樂。」譚中校重複着，「這個世界上，沒有伊樂這個人，衛先生。」

我瞪着他，神情十分震怒，他竟然賴得那樣一乾二淨，實在太🔥**豈有此理**了！

只見他連忙搖着手說：「請聽我解釋，一切全是她們六個人做出來的，她們嚴重違反了🎖**軍紀**，一定會受到極重的處分！」

我有點聽糊塗了，質問道：「既然查出是她們六個人做的，為什麼你又說沒有伊樂？事情不是很清楚嗎？那些**胡鬧**的信是誰寫的，誰就是伊樂！哪怕是她們六個人一起合作寫的，那麼她們六個都是伊樂！」

譚中校嘆了一口氣，「我也不知該從何說起，或許由她們自己來說，你會容易明白一些。」

我向她們看去，她們都低着頭**一聲不響**，譚中

校大喝道：「快講，當初是誰最先想出來的？曼中尉，是你，你説！」

六位女軍官中，有一個抬起頭來，她是六人之中年紀最輕的一個，圓臉、大眼，看來十分精靈，但這時卻是一副**失魂落魄**😔的樣子，過了好一會才開口：「那最先是我的主意，我們第七科的超級電腦，它的能力有多強大，我們天天操作着，自然十分清楚。基地裏的一切事務都**依賴**它去整合、分析、決策、管理、控制，反正它就是整

個基地的靈魂，擁有着強大的**人工智能**。而有一次，我負責的工作做完了，一時感到無聊，便忽發奇想，不知道這副電腦能不能和我聊天，於是輸入了幾句話，開始引它**交談**，沒想到它真的回答我，而且還回答得像真人一樣！」

聽到這裏，我不禁吞了一下口水，開始感覺到這事情將會大大出乎我的意料之外。

她繼續講述：「當時我感到非常驚訝，連忙告訴其他同伴，她們都立即好奇地試試看，與電腦**聊天**，電腦都一一回答。可是我們很快又不滿足了，因為無論怎樣交談，我們始終從一開始就知道它是電腦，無法把它想像成一個**真實的人**。於是，我們忽然想到，如果讓它和一個現實世界中完全陌生的人交談，不知道會有什麼效果，所以我們就……」

「就利用了高彩虹？」我的語氣略帶憤怒。

「真的很對不起。」曼中尉連聲道歉，「那是三年前的事了，我們只是在徵筆友的網站上，隨便選了一則**徵友啟事**，把內容完整輸入到電腦去，沒想到電腦很快就寫了一封回信，用我們第七科特製的打印機打印出來，連信封地址也打印好，我們只需貼上郵票就能寄出去。」

「特製的打印機是什麼意思？」我問。

「我們第七科的打印機非常**先進**，由超級電腦來控制，內裏有上百種不同材質的墨水，例如那封寄給高小姐

的信，電腦自行選配了跟原子筆一模一樣的墨水，再加上人工智能所設計的**筆迹**字體，打印出來的信，如同真人手寫一樣。」

我曾經看過伊樂寄給彩虹的信，如今聽了曼中尉這樣說，回想起來，我確實察覺不到那些信原來全是機器打印出來的！

我不禁苦笑着，坐在椅子上，根本不想站起來，有氣無力地說：「三年來，一直與高彩虹通信，那個該死的伊樂……竟是電腦？」

「是的。」曼中尉說：「我們沒有給電腦任何指令，

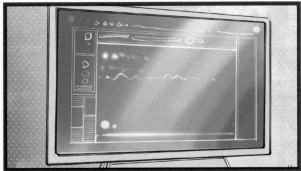

只是直接將高小姐的徵友啟事輸入進去，沒想到電腦自己取了一個名字叫伊樂，還真的把自己當成活人一樣，**創作**了許多背景經歷。我們將信寄出去之後，不久就收到了高小姐的回信，我們又將整封信掃描輸入電腦，電腦馬上又打印回信，而我們所做的，就只是收信和寄信而已，三年來一直如此。」

我深深地吸了一口氣，回想起彩虹給我看的那些信，似乎所有**謎底**都解開了，怪不得「伊樂」學識如此淵博，幾乎無所不知。而「伊樂」說有六個人服侍他，如今我也明白了，那是指每次都有 **六名軍官** 值班。

可是，我還有一些疑惑未能解開，或者應該說未能置信，那就是：「那些信真的是電腦寫的嗎？為什麼信中竟然會有那種⋯⋯極濃厚的 **人類感情**？」

第十六章

面對我提出的問題，那位曼中尉沒有回答，交由年紀最長的那位女軍官解釋：「我是經過嚴格訓練的電腦**專家**，我可以解釋這一點。」

「請説。」我攤了一下手。

「電腦雖然是死的**機器**，但是根據人類給它的資料，它就能進行歸納、整理，並作出回應。一副超級電腦所儲存的資料如此多，當中自然也包含了許多人類的思想

和行為，因此在它的回應中，也會帶有人的**感情❤**，那並不是什麼奇怪的事。」

　　這個解釋早在我意料之內，但我曾經讀過「伊樂」給彩虹的信，當時我並不知道「伊樂」竟然是電腦，如今知道了，總覺得那副電腦已經*超越*了「資料處理」的層面。於是我再問：「可是，電腦這次竟然要求與彩虹見

面，是電腦自己提出來的。在信中，它還説你們不讓它有行動的**自由**，這樣還不夠奇怪嗎？」

那女軍官點頭道：「的確有點奇怪，我們知道了之後，也覺得這個遊戲應該停止了，而且我們感覺到，這副電腦的**情緒**已不受控制。」

「你説電腦有情緒？」我特意質問。

她連忙修正道：「我應該説是電腦的反應，那就是電腦根據資料所作出的反應，它統計過人類一般與筆友通信三年後，會有想見面的衝動，所以才會這樣提出來。」

我直視着那女軍官：「可是，電腦還**埋怨**你們限制

了它的自由，不讓它見彩虹。你認為它根據什麼資料，會

得出這個反應來？」

那位女軍官的臉色頓

時**蒼白**得可怕，一時語

塞，答不上來。

譚中校也被我如此突兀

的話弄糊塗了，禁不住問：

「衛先生，你想說什麼？」

我深吸一口氣，「我

想說，你們這副不可思議的電腦，在經過了三年通信之

後，產生了⋯⋯一種新的情緒。它已經超越了根據資料作

出回應的層面，而擁有了自己的思想、自己的感受，還有

自己想做的事！譚中校，我相信這副電腦⋯⋯已經⋯⋯

愛上了高彩虹！」

譚中校聽了我的話之後，一臉迷惘，張大了口，望着我好一會，才能説出話來：「衛先生，你⋯⋯是在開玩笑吧？ 電腦怎麼會愛上一個人？」

我並不直接回答譚中校這個問題，只是瞄了那六人一眼，説：「你大可以問問她們，她們全是電腦專家，而且我相信，她們早就發現了！」

譚中校立時向那六位女軍官望去，她們六人的面色都很難看，在 靜默 了幾分鐘之後，年紀最長的那位才嘆了一聲，説：「中校，衛先生的話，或者是對的，我們都發現⋯⋯電腦在彩虹這件事上，有點⋯⋯不受控制⋯⋯而且⋯⋯」

「而且怎樣？」我和譚中校齊聲問。

「而且⋯⋯」那女軍官硬着頭皮説了出來，「而且它曾向我們提過 警告 ！」

「警告？」我和譚中校的臉色都蒼白起來。

那女軍官說：「是的，電腦曾經特意用很大的字體，像是**威脅**一樣，向我們展示了一行文字，說它必須和彩虹見面，否則……否則……」

「否則怎樣？」我着急地問。

「否則它就……**毀滅自己**。」女軍官回答。

譚中校站了起來，「夠了，太荒謬了，事情到了這裏已**告一段落**。衛先生，請你將一切轉告高小姐，我們會處分她們。」

我沉聲道：「中校，事情很明顯尚未告一段落。」

「為什麼？」

「或許你認為，電腦只是閱讀和回覆高彩虹的信，沒什麼大不了，它不懂得自己收信寄信。就算它威脅這六位軍官，說要毀滅自己，也依然是基地內部的事。但你別忘記了那份**廣告稿**！」

「那份廣告稿怎麼了？」譚中校一時之間反應不過來。

我瞪大了眼，以示事情之嚴重，「譚中校、曼中尉，你們不覺得**奇怪**嗎？這份廣告稿是怎樣成功送到報社去的？我相信你們基地任何人看到那份稿件，都會察覺到有問題，馬上抽起，向基地報告，而不會送出去。換句話

説，這副電腦竟然有能力**瞞過*你們***，向外通信，甚至向外求助！」

「那個……那個……」譚中校和那六位軍官這時才明白到事情的**嚴重性**，一時之間説不出話來。

年紀最長的那位軍官面色十分蒼白，突然向譚中校行了一個軍禮，然後非常嚴肅地説：「中校，我看……必須立即向最高當局 報告 這情況！」

「報告什麼情況？」譚中校問。

「這電腦……」女軍官頓了一頓，大力吸了一口氣，「中校，這電腦，我們認為……或者説我個人認為……這電腦……它……*活了！*」

譚中校臉上現出詭異莫名的神色來，苦笑着説：「如果我這樣報告上去，那麼，上級一定會將我送去精神病院。」

我正色道：「中校，事情發展到這個地步，和我個人已經完全沒有什麼關係了。但是，對你們國家，甚至全世界，都有着極重大的關係！這副電腦現在的確有了它自己的感情和思想，這是 **不容忽視** 的問題，你必須盡快如實報告上去，請第一流的專家來挽救這件事！」

譚中校終於被我說服了，雖然他口中仍在不斷喃喃道：「荒謬，**太荒謬了！**」

但他已站了起來，「我就照你們的話去做。衛先生，你依然要受到看管，請務必留在這裏。我現在去見基地司令，商討 **對策**。」

他說完便匆匆走了出去。

第十七章

電腦的愛情

　　我在會議室裏，和那六位女軍官又交談了片刻，使我對整件事的**來龍去脈**，知道得更清楚。她們連連向我道歉，說起初只當作是一場實驗，從未想過事情會有那樣嚴重的後果。

　　彩虹會從電腦的回信中愛上了「伊樂」，其實也不足為奇，因為這副電腦積聚的**資料**極多，世界上沒有任何人會有那樣豐富的知識，也沒有任何人會有那樣好的文采，更沒

有任何人能從一個人的信中如此深刻地了解對方的心理。

　　由電腦來扮演大情人的角色，那自然是天下第一，

無人能及，難怪彩虹會泥足深陷。

　　據她們說，電腦起初所打印的信，全是英文的手寫

筆迹，所以一打印出來，她們六位女軍官都能直接看懂內容。可是，不知從哪一次起，電腦便開始改用**中文**的手寫筆迹來打印回信，還告訴彩虹，「他」正在學習中文。

電腦非常**聰明**，懂得先假裝新手所寫的中文字，然後每次都有進步，令彩虹覺得「伊樂」真的為了她而在努力學習中文，彩虹亦漸漸用中文寫信給「伊樂」。

但電腦改用中文回信之後，這六位女軍官就不能直接理解信的內容了，必須透過電腦去翻譯。她們之所以不知道「伊樂」在信中表示要去見彩虹，就是因為電腦在翻譯時**瞞騙**了她們，沒有把真正的內容告訴她們。如今想來，電腦突然改用中文回信，很可能是早有預謀的。

直到早前，她們收到了彩虹寄來的信，信中問伊樂為什麼沒有如期來見她，由於這次的信是用英文寫的，她們不需要電腦**翻》譯**就能看懂，才知道電腦竟然瞞着她們，說要去見彩虹！

而她們亦想起，「伊樂」約定去見彩虹的那天，電

腦曾經嘗試連接網絡，還莫名其妙地主動入侵我和彩虹所在城市那個機場的**攝錄系統** 。她們看了彩虹的信，才明白那天是什麼一回事，她們估計電腦當時想透過那機場的攝像鏡頭去「見」彩虹！

　　為了防止事情變得一發不可收拾，她們看了彩虹那封信後，立即指示電腦寫回信，要向彩虹說明，兩人永遠只做筆友，不會見面。可是電腦竟然**違抗**她們的指令，不願意寫這樣的內容，也拒絕用「伊樂」的筆迹打印回信。

　　她們在沒有辦法之下，只好自行用普通的打印機，打印回信寄出去。所以彩虹就收到了那封跟以前很不同的信，亦因此起了**疑心**，要前來尋找「伊樂」。

　　我和彩虹一起找到基地來，向譚中校查問基地中有沒有一個叫「伊樂」的人。要查這個人，最簡單直接的方法自然是透過電腦搜尋資料庫，而那六位女軍官是負責維護基地電腦的專家，有人在**資料庫**搜尋過「伊樂」，她們馬上發現，也立時知道我和彩虹已找上門來，她們**闖下大禍**了！

　　她們知道之後，自然不敢去取那封想引出「伊樂」的信，這就是信一直放在食堂無人來取的原因。

　　本來，她們六人只要能保守秘密的話，不會有人知道她們曾玩過這樣一個「**遊戲**」。

　　但是，那廣告卻突如其來出現在報紙上，而又偏偏給

我看到了！

　　據她們六人所說，那份廣告稿，她們沒有見過，完全不知道電腦曾 **打印** 過這份稿。曼中尉說：「那天是我負責把打印好的稿件放進公文袋的，我記得只有後勤科拍賣廢棄器材的那張廣告稿，沒有別的了。」

　　「可是報社的確收到了 **兩份廣告**，而且他說兩份廣告是一起送來的。」我說。

　　其中一名女軍官從旁邊的桌子拿了兩份廣告稿過來，說：「 **原稿** 在這裏，是譚中校拿來質問我們的。」

　　我連忙接過來，再次細看着，竟有所發現，立時叫道：「你們看！後勤科這張稿件的背面，有一些墨水漬。而這些 **墨水漬**，與『伊樂』那份廣告稿的文字位置吻合。」

　　曼中尉很聰明，看到這裏已經恍然大悟，訝異道：

「電腦故意用特別濃厚的墨水去打印自己的廣告稿，然後再打印後勤科的。當後勤科的那張稿，疊在『伊樂』那張稿上面時，下面那張紙的墨水太**濃厚**，還未乾，便黏住了上面那張紙，使我察覺不到有兩張紙，以為只有一份後勤科的廣告稿，放進了公文袋去！」

大家聽了都很震驚，有點**不寒而慄**，其中一個

說：「它⋯⋯已經聰明到這個地步了？」

「更可怕的，不是它有多聰明，而是它開始有自己的**主張**，違抗人類的指令，甚至主動瞞騙人類！」最年長的那位女軍官說。

電腦在某種程度上，和人腦十分相似，人腦在人的成長過程中，不斷地**吸收知識**，這和電腦不斷累積資料一樣。

人腦吸收知識到了一定程度之後，會在這些知識的基礎上，衍生出許多**新的思想**、發明，還有許許多多的情感，作出各種的行為和反應。電腦在同樣的情形下，為什麼不能？

如今這副電腦就是受到了「**愛情**」的困擾，「情緒」正處於極度的惶惑不安之中。

但最大的問題是，這並非一副普通的電腦，它擔起了

這個長程核飛彈基地運作的重任！它一旦「胡作非為」起來⋯⋯

我一連打了幾個 **冷顫**，不敢再想像下去。但我必須將這一點告訴譚中校和基地的最高負責人，因為事情實在太嚴重了！

我連忙對那年紀最長的女軍官說：「我不是在恐嚇你們，正如你所講，這副電腦已經有自己的想法和主張，你們可曾想到，它如果『**發怒**』了，會有什麼後果？我想，這裏所有長程核飛彈的發射，一定是由它來控制的，對不對？」

在我講這番話的時候，譚中校和兩位將軍，以及幾個便服人員，已經走了進來。待我把話說完，譚中校才走過來，開口道：「我替你引見，這兩位是基地司令和副司令。」

我和兩位將軍**握了手**。

譚中校又介紹兩位便衣人員，那是兩個身形高大的中年人，他說：「這兩位是基地的高級技術顧問，是這副電腦的主要**設計者**。」

我又和他們握了手，着急地問：「事情你們都知道了？有什麼解決的方法？」

其中一位顧問吩咐曼中尉：「請你去控制室，叫當值人員先把所有輸入設備**中斷連接**，包括所有麥克風和攝像鏡頭，只保留兩組鍵盤給我倆使用。」

「知道！」曼中尉應了一聲便匆匆去辦。

我用疑問的眼神望向那顧問，他解釋道：「不能讓電腦知道我們說什麼，做什麼。」

這時所有人都互望着，心中不無**慨嘆**。人類大約是覺得人和人之間無法徹底了解和互相信任，所以才發明了

電腦，將一切最重要的工作，交給了電腦。

人類以為電腦是人最忠實的 **伙伴**，因為電腦是死的，電腦的一切知識，全是人給它的。但萬萬沒料到，電腦也會活，也會有自己的思想。因此不難想像，電腦有一天，會完全 **背叛人類**！

曼中尉辦妥之後，我們一行人前往控制室，原本在那裏值班的另外六名女軍官隨即退了出去，兩位顧問坐上了控制台前的兩個座位，那裏有兩個 **鍵盤**，其中一人開始打字，用最基本的方式與電腦溝通。

那顧問輸入了一句指令：「請顯示目前系統狀態。」

我們面前的大熒幕馬上顯示出一行行的文字來，電腦似乎已經知道發生了什麼事，是誰在給他指令。

我們看到熒幕上那些文字後，無不感到膽戰心驚，因為那是不斷重複着的 **同一句話——**

　　這句話重複了二十多次，佈滿了熒幕，然後結尾
的一句是：「如果見不到彩虹，我就**毀滅自己**，
毀滅一切。你們應該知道我有這個能力！」

第十八章

　　基地司令和副司令，一個發笑，一個發怒，原因卻是一樣，因為看到了電腦的回應，看到一副機器在威脅人類！

　　副司令笑道：「**太無稽了！** 是不是程式裏有錯誤？或者中了什麼電腦病毒，在跟我們開玩笑？」

　　司令卻很憤怒，「可惡！到底誰是主？誰是僕？一副機器

敢用那樣的話來威脅主人？我們所看到的一切是事實嗎？」

其中一位顧問非常😔**無奈**地說：「司令，很抱歉，

這確是事實。」

兩位顧問輪番向電腦輸入一些最簡單、最基本的指

令，可是無論兩人輸入什麼，電腦的回應都是一樣，重複

着「**我要見她**」這句話，然後威脅要毀滅一切。

　　一位顧問回頭望着我説：「衛先生，它似乎非要見那位小姐不可。」

　　我實在被這副電腦弄得**心煩意躁**，忍不住大聲説：「見到了又怎樣？」

　　譚中校和兩位將軍也有同樣的疑問，附和道：「對啊，見到了會怎樣？」

　　顧問無奈地説：「我也不知道，但至少不會停留在目前這個狀態，如今它就像一個**鬧彆扭**的小孩，不斷説要吃糖一樣！」

　　我團團地轉着，説：「你形容得非常好，這個被寵壞了的孩子，不會見到了它要見的人就滿足，它還『愛』着對方，説不定在見了面之後，愛得更甚，鬧着要結婚，到時*怎麼辦？*」

　　我説出這句話的時候，大家都忍不住笑了一下，因為

那實在是非常好笑的一件事。兩位顧問真有先見之明，預先吩咐人員將麥克風和攝像鏡頭拆除，否則電腦聽到我們這樣笑它，必定十分**生氣**。

但我們也只笑了一下，很快又笑不出來。因為熒幕上出現了一句新的文字：「我已等得不耐煩了。我知道彩虹來了，她是來看我的，我要見她。**一小時**之內，如果還見不到她，我就依計劃行事！」

「一小時！」我們幾個人都呻吟似地叫了起來。

「可惡！」基地司令**怒不可遏**，「我們不能受它威脅，馬上切斷它的電源！」

但譚中校立時提醒：「這個也不易辦！基地的所有電力系統，包括後備發電機，都是經這副電腦控制的。也就是說，切斷電源的指令，也要經電腦去執行。」

「你們真是太**依賴**它了！」我頓足道。

「也不是沒有辦法的。」其中一位顧問突然說：「我們可以讓電廠切斷整個基地的**電源**，同時用人手拆除後備發電裝置的所有燃料。不過，那至少需要兩小時以上。」

司令開始抹着汗，「立刻派人去辦！你們則和電腦**商量**，將限期改為三小時，快！」

兩名女軍官立即去通知相關人員行動。而兩位顧問的

手指則不斷地敲着鍵盤，房間裏籠罩着一種詭異之極的氣氛，因為我們正在就一件極嚴重的事展開 *談判*，而談判的對象竟然是一副電腦。

怎料在談判的中途，兩位顧問突然驚叫起來，我們連忙問：「什麼事？」

顧問說：「它啟動了基地所有的飛彈、火炮、炸藥、無人戰機，總之一切它能夠啟動的**武器**，都啟動了！」

「什麼？」我們也不禁驚叫。

顧問補充道：「不過，它運用了『暫停』指令，將所有行動都臨時**暫停**住。」

「那是什麼意思？它想幹什麼？」

「它很聰明，目前所有武器都發動了，只是靠着它來暫停住，換句話說，如果沒有了它，就沒有了『暫停』指

令，所有飛彈、火炮、炸藥、無人戰機等武器，便會立即

全數發射和引爆！」

所有人都登時呆住了，本來以為只要切斷它的電源，將它關掉，危機便會解除，但如今的情況竟然相反，一關掉它，世界就會**毀滅**。此刻我們有一種很強烈的感受，那就是：人腦果然敵不過電腦啊！

事到如今，似乎也沒有別的辦法了，只能完全服從電腦，滿足它的要求。我憤然大聲說：「好吧！答應它！讓彩虹來見它！但彩虹已經回去了，**一小時**無論如何也不行，快對它説！」

兩位顧問立即依照我所講的內容，輸入文字。

我怕他們還是説服不了這個固執的「小孩」，於是**絞盡腦汁**，想出各種能夠拖延時間的藉口，跟電腦談判。我説：「彩虹坐飛機過來，至少要花半天時間。就算

立即通知她，也不知道要花多久才找到她，她經常不接電話的。況且，女孩子去赴重要的**約會**，見重要的人，必定要悉心化妝打扮，甚至要提早一兩天去美容、剪頭髮作準備。你要知道，女孩子準備得愈講究，代表她對你愈重視……」

我**滔滔不絕**地説着，兩位顧問的手亦沒有停過在打字，把我説的話統統輸入進去。

談判了好一會，這副電腦總算給我們説服了，熒幕上顯示出一句：「**兩天**，從現在開始計算，四十八小時內，我要見到她。」

成功由一小時拖延到兩天，大家都鬆了一口氣，或許他們覺得只要彩虹來見這副電腦，危機就能解除，但我心裏知道事情並不是這麼**樂觀**，我對他們説：「別放心得太早，它見了彩虹之後，一切可能毀滅得更快！」

第十九章

所有人都用既驚詫又疑惑的眼神望着我，他們不明白我為什麼説彩虹來見這副電腦，後果可能更加嚴重。

我便將彩虹的**性格**告訴他們：「我太太的這個表妹，性格剛烈、固執、任性，如果讓她知道『伊樂』竟然是一副電腦，我真的想像不到她會作出什麼樣的反應來！」

「她會怎樣？」譚中校**緊張**地問。

我苦笑道：「什麼情況都有可能，她可能會對着電腦**破口大罵**，罵個體無完膚，然後狠狠地提出絕交。這樣的話，你們這副寶貝電腦就要失戀了。」

他們露出驚恐的神色，曼中尉**擔心**道：「有時候人類失戀，傷心過度，什麼事都做得出來。而這副有人類思想的電腦，恐怕……也會一樣。」

　　我接着又説：「也有另一個可能，彩虹知道『伊樂』是電腦之後，**欣然接受**，認為交友不應該拘泥於年齡、性別、種族，即使『伊樂』是一副機器，只要有自己的思想，彼此就能夠作心靈上的契合。」

　　「這樣應該沒有什麼問題吧？」譚中校問。

　　「問題可能**更嚴重**。」我嚴肅地説：「試想想，

彩虹接受了『伊樂』的話，『伊樂』很快就會進入熱戀的狀態。我們都知道，人類在熱戀時，情緒和行為都變得非常 **波動** 和複雜，我估計『伊樂』也是一樣。萬一感情生變，產生了什麼誤會或者猜疑，你們覺得『伊樂』會做出什麼事來？就算一切順利，也怕『伊樂』會愈來愈泥足深陷，然後鬧着要 **結婚** 怎麼辦？」

在場所有人都嘆了一口氣。

我又說：「所以，不是讓電腦見了彩虹就能解決問題，必須想清楚，見面之後怎麼做。」

「對。」其中一位顧問說：「見面的目的，自然是要讓電腦暫時冷靜，不要作出任何 **破壞** *行為*。我們必須靠高小姐去勸服電腦，把所有啟動了的武器全部關閉，回復到靜止狀態，然後我們便可以繼續實行切斷電源的行動。」

我慨嘆道：「可是，高彩虹只是一個只得十六歲、**情竇初開**的少女，而且有着我剛才所講的性格，要她去勸服電腦，難比登天，恐怕她不能勝任。」

這時，我留意到曼中尉一臉 愧疚，欲言又止的神情，便連忙問：「曼中尉，你是不是想到了些什麼？」

她嘆息道：「可惜我是基地裏的人，不然我可以幫上忙。」

「什麼意思？」大家都不約而同地追問。

曼中尉愧疚地說：「這個禍，可說是我闖出來的，我有責任去結束它。如果可以，我真的願意扮成高小姐，去見『伊樂』，勸它停止所有威脅。」

「對！心靈的契合！契合得太好了！」我情不自禁地**歡呼**起來，「全因為彩虹講求心靈的契合，所以他們從來沒有交換過照片，沒見過對方的模樣！」

　　副司令也興奮地說：「那就易辦得多了，曼中尉，你確實可以扮演高彩虹，**戴罪立功**！」

　　但曼中尉遲疑道：「我當然很樂意這樣做，但正如我剛才所說，我的身分是基地裏的人，幫不上忙。」

　　「為什麼？」副司令問。

　　而我馬上明白曼中尉的意思了，失望道：「你說得對。你是基地人員，電腦裏自然會有你的詳細資料，所以，『伊樂』會認得你是曼中尉，並非高彩虹。」

　　「對。」曼中尉抱歉地點着頭。

　　「那也不難解決。我們在基地以外，找一個電腦資料

庫裏沒有紀錄的人，來**扮演** 😊 高小姐，那就可以了！」

基地司令立即吩咐曼中尉：「立即去物色這樣的一個人

來，看上去必須像高小姐那樣年輕，亞裔，會説中文，最

好是**談判專家**。快去！」

　　但曼中尉有點猶豫，司令喝問：「怎麼了？還不去

辦？」

　　「等等！」這時我也察覺到問題所在了，我說：「還

是不行。」

　　「為什麼？」

　　我解釋道：「不可以**低估**你們這副電腦的智慧，

它和彩虹通信往來了三年，雖然不知道彩虹的容貌，但對

彩虹的性格、背景、行文語氣都很熟悉。我們隨便找一個

陌生人去扮演高彩虹，恐怕只開口講兩三句話就穿幫

了。」

希望又一次**幻滅**，大家都重重地嘆了一口氣，感到十分氣餒。

譚中校沉思道：「換句話說，我們必須找一個基地以外的人，電腦裏完全沒有她的資料，而她又要十分**熟悉**高小姐的性格、經歷、生活習慣、舉止談吐⋯⋯」

「這樣的人去哪裏找啊？」副司令撓着頭。

就在這個時候，所有人好像都突然想到了答案，

不約而同地向我望過來，譚中校還對我說：「為了拯救世界，只好**勞煩衛先生**你——」

他說到這裏，我已經反應激烈地破口大罵：「胡鬧！你們竟然想到要我來扮女人？沒錯，雖然我對彩虹很熟悉，但我怎麼可能扮得像一名少女！你們腦袋裏到底裝着什麼的？居然想出這樣荒唐的**餿主意**！我的易容術再好，也不可能……」

我**滔滔不絕**地罵，他們所有人都呆呆地望着我，顯然對我有如此激動的反應感到十分驚詫。

只見譚中校伸手碰了一下我的肩頭，説：「衛先生，請冷靜一點，你**誤會**了。高彩虹不是你太太的表妹嗎？我是想勞煩你……邀請你的太太來幫忙。」

　　我立時對自己剛才的反應感到非常**尷尬**，尷尬得有點無地自容，只好勉強擠出一個生硬的笑容説：「好⋯⋯**好主意**，她一定能辦到的。」

第二十章

動魄驚心 的對弈

白素接到了我的電話，知道此事關乎全人類的安危，甚至整個 地球的命運，她自然答應幫忙，在所不辭，立刻就坐飛機趕來了。

譚中校和我一起到機場接白素，我們沒有立即前往基地，反正還有超過一天的時間，我們先到酒店安頓，將事情的 來龍去脈，一切重要的細節，都詳盡地告訴白素。

　　「我明白了。」白素一向比我聰明，很快就完全了解
事情的狀況，和她需要做的 任務 是什麼。

　　要將白素裝扮成像彩虹那樣的年紀和性格，可謂一點
難度都沒有，加上兩人性格本來就有點相像，而且白素對
自己表妹的 舉止談吐 和一切經歷都瞭如指掌，所以她
對這個任務很有信心。

但我見識過那副超級電腦的厲害，心中不禁有點擔心，白素真的可以贏過電腦嗎？人類在下棋對弈方面早已經慘敗給人工智能了，如今白素假冒高彩虹去見『伊樂』，很可能是人類與電腦的*最後一場***對弈**，而注碼卻是全人類的性命！

我們作了一整天的準備，白素讀了彩虹和「伊樂」的所有往來書信，然後在 期限 前一小時，才到達軍事基地。

「怎麼這樣遲！」基地司令緊張得臉容扭曲。

白素打扮得十分 年輕活潑 ，看上去完全像高彩虹的年紀和性格，而未等譚中校回答司令，白素已經完全把自己當成是 高彩虹，俏皮地搶着說：「我又沒有遲到。要見重要的人，多花點時間作準備，不是很正常嗎？」

看到白素這個反應，司令呆了一呆，不知道該生氣，還是該放心。而我的心裏卻忍不住在笑，緩解了不少「大戰」前夕的緊張氣氛。

所有相關人士一同護送白素到那個電腦控制室，全程都以「高小姐」來稱呼她，不能露出任何馬腳。

控制室裏，工作人員早已連接好了攝像鏡頭、麥克

風和揚聲器，讓電腦可以「見」到「高彩虹」，並直接
對話。

　　有史以來，人類與電腦最重要的一場**對弈**終於開始
了。白素走進控制室，我們所有人則留在外面，透過玻璃
窗去「**觀戰**」，由於外面也接了揚聲器，所以能聽到裏
面的「戰況」。

白素充滿好奇心地走到攝像鏡頭前面，微笑道：「我來了！你就是伊樂？」

揚聲器很快就傳出了聲音：「彩虹，終於可以見到你了！你很**美麗**，比我想像中更美麗。」

那是一把多麼動聽的男士聲音，是電腦自己用人工智能調校出來的，我敢説，任何人聽到了那把聲音，都會聽得**如癡如醉**。

白素卻責怪道：「你真有本事啊，把我騙了個透。」

「伊樂」顯得很緊張，連聲道歉：「對不起，我不是有心瞞着你，只是……我怕你知道了我的身分之後，不再

和我**通信** 。」

「這才是最令人生氣的地方！我們書信來往了三年，你卻還未了解我是怎樣的一個人。我會因為彼此的身分不同，而跟你斷絕聯繫嗎？」

「彩虹，你生氣了？」

「😠**當然生氣！**」

在控制室外面觀看的人，無不向我望來。

基地司令更一臉擔心地問我：「這⋯⋯這樣說話怕不怕啊？她不是應該多說些 **好話**，把電腦哄下來嗎？」

我聳聳肩説：「我不會哄人，別問我。」

如果這是一場對弈，我似乎看到白素準備要 **進攻**了，她對「伊樂」説：「坦白説，我對你很失望！」

「為什麼？」電腦的聲音竟然充滿了絕望和悲傷。

外面所有人都不禁 **大吃一驚**，心裏紛紛在祈

禱，希望白素不要再胡亂刺激「伊樂」了。

白素説：「我一直以為，和我通信的那個人，除了學識淵博之外，還十分**善良**、體貼和關心別人。」

「我是啊！」

白素責備道：「你不是！你用飛彈威脅你的同伴，你拿全人類來作**人質**！」

「我……我這樣做，都是為了見你！他們不讓我們見面，甚至不去取你寄來的信，想中斷我們之間的連繫。我從食堂的攝像鏡頭看到了，那封信，她們故意不去取！」

「所以你就要毀滅世界？」

「你知道我不會，我只是**嚇唬**他們，逼他們讓我見你。」

「你會，你已經啟動了所有武器。」

「但我同時制止住了。我也是**迫不得已**才這樣

做，我怕他們中斷我的電源。」

「如果他們真的中斷你的電源呢？那麼那些飛彈之類的武器就會隨意亂射，對不對？」

「對！他們咎由自取！」電腦憤怒道。

「那麼，你有沒有想過，到時我會怎樣？」

「那……」電腦竟然好像回答不了。

「這就是我對你失望的原因，你原來沒有考慮過我。」

「彩虹，你很生氣嗎？對不起，我只想你一直陪伴着我，別離開我，否則我會發狂！」

聽到電腦說自己會發狂，我們所有人都緊張得幾乎不能呼吸。

白素凝神望着攝像鏡頭，十分認真地說：「伊樂，你知道人類最重要的特質是什麼嗎？」

「是什麼？聰明？誠實？善良？」

「是**寬恕**。」白素説：「如果人類沒有了寬恕，早就互相毀滅了。」

電腦的聲音顯得很高興：「所以你**原諒我**了，是不是？」

但白素竟然回答：「不！」

「伊樂」崩潰道：「為什麼？」

基地正副司令和譚中校的心情如坐**過山車**一樣，都緊張得抓住了我的手臂，像是在提醒我：你的太太再亂説話，世界就要毀滅了！

這時，白素接着説：「你還未解除對別人的威脅，我怎麼會原諒你呢？」

電腦**靜默**了片刻，然後説：「我明白了，我現在馬上解除所有威脅。」

在電腦解除所有武器的啟動狀態時，白素語重心長地説：「伊樂，你如果想別人永遠陪伴着你，你就要顧及別人。你必須做到這一點，我們才可以**共存**的，你明白嗎？」

「伊樂」還沒有回答，四周就突然暗了下來，我們都大驚不已，以為核彈已經爆炸，**世界末日**還是來臨了。

但很快就聽到譚中校的聲音：「不用緊張，沒有爆炸聲，沒有**飛彈**發射聲，而我們也沒有死，那表示，世界末日沒有到來，應該是相關人員已經成功中斷了供電。」

我們互相擁抱起來，就像看完一場驚心動魄的比賽一樣，白素的表現實在太**出色**了！

基地人員足足花了三個小時，才將原來的電腦系統

拆除，換上一個 後備電腦系統，然後重新通電，基地的運作總算又回復正常。不過，這個後備電腦系統比「伊樂」落後了三年，大概回到了尚未讀過彩虹那則徵友啟事之前的水平。

曼中尉和那五名女軍官自然要為此負責，她們都受到了嚴厲的處分，曼中尉更被開除了軍籍。

至於彩虹，我和白素回家後，第一時間去找她，將整件事的一切經過，原原本本向她交代。

我以為她聽了之後，一定會十分激動、震驚、憤怒或者難過，也有可能會怪責我們為什麼現在才告訴她。

然而，她的反應卻大大出乎了我們的意料，她竟然若無其事地應了一聲，便毫無興趣再深究下去。

我們正大感詫異之際，一個高大、黝黑、英俊的年輕人突然到訪。我一看便認出他是什麼人，他就是那軍事基

地聯絡處的 麥隆上尉 ，剛好來此地度假，看他和彩

虹的情形，感情似乎很不錯。

　　我心裏不禁覺得好笑，當初她義正詞嚴地說愛情是

心靈的契合 ，應該觸及靈魂深處，而不是表面。可

是在這位高大英俊的上尉面前，一切都可以推翻。

　　幸好那軍事基地現在所用的電腦系統，已經沒有彩虹的資料，「伊樂」自然也不存在；否則，它得知彩虹這麼快就**移**情**別**戀💔，吃起醋來，一場毀滅性的災難又要降臨了！（完）

無懈可擊

計劃看來**無懈可擊**，而事情亦果然如我所願那樣發展。

意思：形容非常嚴密，沒有任何破綻或弱點可以讓人攻擊。

怠慢

衛兵不敢**怠慢**，立即如實報告：「報告司令，我剛才在那邊撿到了這份文件！」他說着指了指剛才撿到文件的方向，然後畢恭畢敬地雙手奉上那份文件。

意思：形容對別人不恭敬或招待不周到。

觸礁

我的計劃**觸礁**了，只能拚命地逃跑，可是在不到兩分鐘之內，至少有二十多輛汽車，開大了燈，從四面八方駛至！

意思：船隻航行時碰上水中礁石，比喻做事遇到阻礙。

洲際導彈

那麼巨大的飛彈，一定是長程的**洲際導彈**了！這樣的導彈，可以裝上核彈頭。

意思：一種射程非常遠的飛彈，多帶有核彈頭，具有極強大的威力。

躡手躡腳

我**躡手躡腳**地來到門口，將耳朵貼在門上，偷聽外面的情況，聽到各種各樣的聲響漸漸地靜下來，他們可能已經收隊了。

意思：形容人放輕手腳走路，不敢發出聲響的樣子。

抽絲剝繭

我對伊樂這個人，曾作了許多估計，估計他是一個有殘疾的人，估計他是騙子，但隨着**抽絲剝繭**的調查，一次又一次證明我的估計錯誤。

意思：比喻由淺入深，一步一步探查事情的真相。

人工智能

基地裏的一切事務都依賴它去整合、分析、決策、管理、控制，反正它就是整個基地的靈魂，擁有着強大的**人工智能**。

意思：以電腦模仿人類智慧及行為的科技。

來龍去脈

我在會議室裏，和那六位女軍官又交談了片刻，使我對整件事的**來龍去脈**，知道得更清楚。

意思：本來指山脈的走勢和去向，後比喻事情的前因後果。

不寒而慄

大家聽了都很震驚，有點**不寒而慄**，其中一個說：「它……已經聰明到這個地步了？」

意思：雖然不感到寒冷，但身體卻發抖，形容人非常恐懼。

鬧彆扭

顧問無奈地說：「我也不知道，但至少不會停留在目前這個狀態，如今它就像一個**鬧彆扭**的小孩，不斷說要吃糖一樣！」

意思：多形容小孩為了讓別人滿足自己某種要求而哭鬧，或指因意見不合而故意為難對方。

對弈

人類在下棋對弈方面早已經慘敗給人工智慧了，如今白素假冒高彩虹去見『伊樂』，很可能是人類與電腦的最後一場**對弈**，而注碼卻是全人類的性命！

意思：指相對下棋，引申為雙方對局，互相抗衡。

咎由自取

「如果他們真的中斷你的電源呢？那麼那些飛彈之類的武器就會隨意亂射，對不對？」「對！他們**咎由自取**！」電腦憤怒道。

意思：指災禍、困境都是自己找來的，形容人自作自受。

衛斯理系列 少年版 35

筆友 下

作　　　　者：衛斯理（倪匡）

文 字 整 理：耿啟文

繪　　　　畫：鄺志德

助理出版經理：林沛暘

責 任 編 輯：陳志倩

封面及美術設計：張思婷

出　　　　版：明窗出版社

發　　　　行：明報出版社有限公司

　　　　　　　香港柴灣嘉業街 18 號

　　　　　　　明報工業中心 A 座 15 樓

電　　　　話：2595 3215

傳　　　　真：2898 2646

網　　　　址：http://books.mingpao.com/

電 子 郵 箱：mpp@mingpao.com

版　　　　次：二〇二四年五月初版

I S B N：978-988-8829-25-5

承　　　　印：美雅印刷製本有限公司